선물

조용한 위로, 당신에게 드립니다

꽃길 위를 그대와 함께 걸으며

시와 사랑을 나누고 싶습니다

세상의 주인공인 ________________님께

오늘은 그대의 축복입니다

시아현대시선 **033**

선물

김선순 시집

인쇄일 │ 2025년 11월 21일
발행일 │ 2025년 11월 27일

지은이 │ 김선순
펴낸이 │ 김영빈
펴낸곳 │ 도서출판 시아북(詩芽Book)

출판등록 │ 2018년 3월 30일
주소 │ 대전광역시 동구 선화로214번길 21(3F)
전화 │ (042) 254-9966
팩스 │ (042) 221-3545
E-mail │ siab9966@daum.net

값 12,000원

ISBN 979-11-94392-61-3(03810)

---

* 본 도서는 충청남도, 충남문화관광재단 의 후원으로 발간되었습니다.

선물

조용한 위로, 당신에게 드립니다

김선순 시집

시아북
詩芽BOOK

상처는 꽃이 되어

넘어지고
부서지고
말없이 울던 밤들

시가 나를 데려 갔습니다
슬픔을 말로 견디게 했고
고통을 언어로 피워냈습니다

내 아픔을 품고
당신의 시간에 귀 기울이며
한 걸음씩 내딛습니다

모든 아픔은 지나가고
지나간 자리마다
작은 꽃 하나 피어납니다

이 시들은
그 꽃의 이름이자
다시 일어서는 당신에게
조용히 건네는 위로입니다

2025년 10월 마지막 날에

김선순

3부
물고기 풍경

자연과 사물에 비친 나의 그림자들,
은유로서의 나와 당신 그리고 세계

5부

조용한 위로, 당신에게 보내는 선물

말보다 깊은 마음,
당신의 하루에 건네는 시 한 편

그때는 몰랐다

잃어버린 시간들,
지나가고 나서야 알게 되는 것들에 대하여

우리는 지나간 시간 속에서
그때는 몰랐던 것들을 찾아낸다
잃어버린 순간들이 이제는 그 자체로 중요한 의미다
그때의 아픔과 기쁨이 여전히 내 안에서 울려 퍼진다

그때는 몰랐다

차가운 바람 되어
불어오는 너의 말에
내 가슴은 얼어 붙었고
나는 작은 불을 지폈다

따뜻한 봄 햇살이
불꽃 위를 스치자
불은 더 높이 타올랐고
그 속에서 나는 멈추지 못했다

내가 타고 있다는 것도
연기 되어 사라지는 것도
나는 끝내 알지 못했다

기억

그때는 몰랐다
아버지의 사랑은
말로 드러내지 않음을

마을을 지키는
느티나무 같던 아버지
누구에게나 호인으로
과묵해야만 했던 사람

중풍에 지친 몸
늦가을 낙엽처럼
수분을 잃고
말없이 흔들리던 어느 날

지팡이와 씨름하며
동구 밖까지 옮기던 발걸음
절뚝이던 그 걸음 하나하나가
기다림의 돌로 쌓였음을

"왔냐"
짧은 말 한마디

묵직한 기다림과
말없이 흐르는 사랑이
느릿한 강물처럼
오늘까지 흘러온다

내 안의 아이

토끼와 별, 바람과 길 위에
낡은 시간은 풀려 흩어지고
남은 이는 묵묵한 침묵 속에
그 빛을 품는다

아이들을 만나는 순간
나는 문득, 잊고 지낸 나를 마주한다
반짝이는 눈빛 속에
어릴 적 두려움과 설렘이 숨는다

작고 따뜻한 손을 잡는 그 찰나
세월 저편에 밀어두었던 내 안의 아이가
조용히 고개를 든다

"괜찮아",
"너는 잘 견뎠고, 여전히 나를 품고 있어."

아이들의 웃음은
마음 깊은 곳을 두드리는 마법

그 웃음 속에 스며드는 순간
무너졌던 시간들이 천천히 봉합된다

나는 다시 아이가 된다
조건 없이 사랑받던 시절처럼
울어도 괜찮았던 품처럼

아이들과 마주한 나는
시간의 틈 속을 눈 깜짝 오가며
깃털보다 가벼운
겨울눈보다 하얀 내가 된다

으아리꽃

한 번만
내 이름을 불러주세요

보이지 않는 당신 곁에
매달린 작은 숨결
그게 바로 나입니다

얇고 연약한 기다림이지만
길고 가느다란 덩굴로
당신을 더듬어
억겁을 오르겠습니다

당신 있는 곳 어디라도
서툴게
당신의 온기를 따라 오릅니다

손끝에 스치는 당신 목소리
그 한 번의 울림이라면

억만 번 피었다 지더라도
나는 괜찮습니다

한 번 만
당신 품에 닿도록
허락해주세요

기대고 싶고
안기고 싶은
당신 곁의 기도
으아리꽃입니다

초상화

나로 하나 되지 못한 그림자
그가 깃든 얼어붙은 문 앞에
나는 멈춰 섰다
가까이 다가서지 못해
조용한 침묵 속에 숨죽였다

짓궂은 비에 젖은 거리
그곳에서 화가를 만났다
붓끝에 내려앉은 낯선 빛
있는 그대로를 담아내는 손길

처음 맡긴 얼굴 위로
타인의 시선이 흐르고
숨겨둔 말들은
부끄러움의 숨결 따라
붓질 위로 피어난다

초상은 마음 깊숙이
덮어둔 거울 하나

감춰둔 문을 열고
서서히 열리는 마음

화가의 눈길을 따라
깊이 잠든 빛이 깨어나고
침묵의 문을 넘어
그림자와 나는 그의 손을 맞잡는다

기다림의 벽

시가 아니면
결코 담아낼 수 없는 마음 하나가
조용히 나를 흔든다

담벼락을 타오르는 잎들이
햇살을 끌어안고
그 초록 깊이만큼
얼마나 많은 계절이 스며들었을까

누군가를 오래 기다린 등처럼
연달아 일렁이는 초록 물결
말로는 닿지 않는 것들이
시가 되어 속내를 적신다

기대어 본다
말이 닿지 않는 그곳에
시로만 전할 수 있는
마음의 무게를

기다림은
그리움과 닮은
조용한 흔들림

나는 여기 서서
담쟁이처럼
시간을 끌어안고
초록 벽에 기댄다
그리움의 무늬를 견딘다

루바토, 삶의 틈에서

반복되는 숨결과 발걸음 사이
작은 틈이 열린다

오래된 리듬에서 살짝 비껴난
뜻하지 않은 음표 하나

새로운 길 위에서 마주하는 낯선 빛
생경한 소리에 일렁이는 음계들
익숙한 마음은 살며시 물러난다

무심히 지나쳤던 시간들이
다른 음색으로 울려 퍼지고

가벼워진 숨결은
조용한 변주를 시작한다

여행은 삶을 바꾸지 않지만
그 틈에서 하루는
새로운 곡조에 몸을 맡긴다

기억의 무늬

앙상한 나무 아래
두 그림자 마주 앉아 있다
말은 되풀이되고
기억은 자꾸만 스러진다

고도는 오지 않는다
그러나 그들은 기다린다

잊지 않기 위해
잊는 법을 배운다

신은 침묵했고
나무는 성서가 되었다

살아 있다는 것은
기다림의 무늬를 견디는 일
그 자리에 남는 자
그가 산 자다

지는 것도 피는 일

한 번도 말한 적 없다
피겠다고 피워보겠다고
봄이 떠미는 등살에
나는 꽃으로 피어났다

햇살에게 속살 같은 꽃잎을 열었고
바람에게 깊은 속내를 털어놓았다

눈길 하나 없이도
스스로 만개하는 법을
이름이 잊히기 전에
조용히 스러지는 법을 배웠다

피고 지고 또 피고 지고
숱한 해를 견디고서
나는 봄의 걸작으로 살았다

화분에서 시들어 거둬낸 꽃들
그 잔향은 흙으로 스며들어
말없이 어둠을 견뎌냈다

봄이 문을 열자마자
져버린 수국이 분꽃이
아무렇지도 않게 피어올랐다

지는 것이 피는 일이라는 것을
시든 꽃잎 사이 남은 향기로
생존하고 있었다

아무도 모르게 왔다가
누구도 모르게 스러지는
온 생이 펼치는 축제

지는 것도 다시 피는 일이다

민들레의 외침

민들레 홀씨 되어
언젠가 들었던 그 노래
그 말을 한 번도
의심한 적 없었습니다

봄날 들판의 노란 민들레는
속상했습니다

솜털 같은 관모 안
포근히 안긴 씨앗
아무도 몰라주고
홀씨라 잘못 불렀습니다

노래에서 시작된 오해
한 번 뿌리 내린 말은
쉽게 지워지지 않기에
잘못된 말 한마디가
진실을 덮기도 한다는 것

오늘도 민들레는
홀씨의 오명에서 벗어나길
조용히 기다립니다

홀씨가 아닙니다
씨앗으로 불러주세요

인동초의 꽃

꽃이라 불리지 못한 인동초는
긴 겨울의 발밑에서
바람 끝 날카로운 손톱을 견디었고
서리밭에서도 살아남았다

살아있음의 흔적을
금빛, 은빛 빛깔로 새기며
날개 단 새처럼
조용히 날아오를 준비를 한다

누군가
한 번쯤 눈길을 주기를 바라며
나도 꽃이야
속삭임으로 피어난다
빛 속으로 묻히는 이름으로

인동초를 유독 좋아하던 내 동생
꽃으로 불리지 못한
그 아픔을 알았던 걸까

한 생을 견뎌낸다는 것이
얼마나 아린 슬픔인지
피어남조차
눈물로 젖는 일이라는 것을

이제는 하늘이 되어
손 닿을 수 없는 너
가끔 바람이 되어
꽃향기로 스쳐간다

견디는 꽃의 무게를
견디다 지는 마음을
너는 알고 있었을까

너의 이름은
지지 않은 인동꽃
내 안에 봄이다

아직도 처음이다

15년의 시간이 흘렀다
익숙해질 법도 한데
매일이
여전히 처음이다

가야 할 길 위에서
나는 또 묻는다

무엇을 해야 하나
왜 여기 서 있는가

물음은
때로 쓰나미처럼 몰려와
지난 시간의 단면을
거칠게 뒤집는다

살아낸 날조차
그 앞에선
이유를 잃는다

그래서일까
익숙한 일인데도
굳은살 하나
그 자리에선
제 몫을 못한다

아직도 아프다
아직도
처음처럼
흔들린다

처음의 언어

처음은
말보다 늦게 도착합니다
눈빛보다 느리게 움직이며
손끝에서 오래 맴돕니다

기억처럼 흔들리고
미래처럼 불확실하여
늘
작고 조용한 문을 통과합니다

처음은
완전하지 않아서
오히려 진심입니다

부서질까 봐
단어를 고르고
숨을 고르며
침묵부터 내밉니다

당신에게 닿는 모든 말이
처음이라서
나는 자꾸
내 마음을 번역하고 지웁니다

하지만,
처음은
결국 문을 엽니다
닫는 법을
아직 모르는 손으로

고도를 기다리며

말이 사라진 자리에서
두 사람이 앉아 있다

그들의 그림자는
앙상한 나무에 느리게 흔들린다

기다림은 대화보다 길고
침묵보다 또렷하다
잊고 다시 말하고
잊고 또다시 웃는다

그것은 한 편의 삶이었다

시간은 반복 속에서 삐걱이고
고도는 오지 않는다
혹은 이미 왔다 갔는지도 모른다

누구도 묻지 않았지만
모두가 알고 있었다

기다린다는 것은
살아 있다는 일
절망과 희망이 서로를 밀치며
서로의 옆에 앉는 것

그것이 그들의 오후였고
우리의 하루였다

삶이 시작된 순간부터
죽음으로 나아가는 길임을
무대는 묵묵히 알려준다

신이 부재한 시대의 성서는
무대 위, 빈 나무 아래에 있다
고도를 기다리는 이들이 아니라면
우리는 누구란 말인가

살아 있는 순간이 기다림이라면
삶은 결국 고도를 닮은 것이다

말하지 않아도
울지 않아도
그 자리에 남는 자가 산 자다

나는 오늘도 나무 아래 앉는다
오지 않는 무엇을 기다리며
내 안에 남아 있는 살아있음을 확인한다

2부

함께

관계 속에서 울고 웃고
서로에게 무늬처럼 남은 것들

함께한 시간들이 무늬처럼 남는다
작은 순간들이 모여 우리는 관계를 말없이 정의한다
가까운 듯, 먼 듯, 우리는 함께 살아가고 있다

영원한 동행

푸른 잎사귀 아래
검게 멍든 자국
빛과 어둠이 뒤엉킨 침묵

햇살이 쏟아져도
그림자는 결코 사라지지 않으며
태어남의 깊은 곳에서
우리는 하나, 뗄 수 없는 몸을 이룬다

기억을 넘어, 경계를 넘어
우리는 이미 함께였음을 안다

숨죽인 어둠 속에
조용히 스며드는 빛을 품고
태고의 시간을 걷는다

함께

우리는 매일
서로 곁을 스쳐 지나갑니다

같은 공간 안에서
멀리 떠 있는 별처럼
서로를 바라보기도 하고

멀리 있어도
가슴 한편 가득 차오르기도 합니다

함께 한다는 건
식탁을 나누고
하루 끝을 함께 맞는 일만이 아닙니다

말없이 고요한 숨결을
느낄 수 있게
내 안에 그를 조용히 놓아두는 일

몸은 떨어져 있어도
마음이 머무는 거리
그곳이 우리가 사는 곳입니다

멀리서 더 가까운

같은 공간에 있어도
서로 다른 궤도를 도는
말없는 침묵의 별들

손 닿지 않은 채
바람처럼 스쳐가는 순간들

가끔은
멀리 떨어져 있을 때
마음이 먼저 닿고
빈자리가 빛으로 번진다

가까이 있다는 건
서로 다른 우주를 살며
닫힌 궤도 속을 도는 일

닿으려 애쓸수록
더 멀어지는 거리

그 거리마저
조용히 건너려는 마음
그것이 연결이라면

고독에 기우는 순간
서로의 흔들림에
가만히 기대어 주는 것

너에게 다녀오는 길

말없이 엎드린
한 마음의 곁에
조용히 앉아
한참을 바라보았지

무엇이 그토록 아팠는지
왜 그렇게 지쳐 있었는지

묻지 않았어
답을 찾으려 하지 않고
숨결에 맞춰
그저 함께 숨 쉬었지

조금씩 놓아지던
어깨의 무게
살며시 떨리던 눈빛

그 작은 떨림들이
나를 받아들이는 방식이란 걸
그제야 알았지

돌아오는 길
내 안 어딘가가
조금 따뜻해지고 있었어

마치
오래 잠든 아이 하나가
살며시 이불을 걷고
고요히 얼굴을 내미는 것처럼

스침의 자리

두 사람이 마주선
교차로
잠시 스친 자리에서
너는 너의 길로
나는 나의 길로 흩어진다

그러나 중요한 건
그 순간
우리의 길이 만나
하나의 오늘이 된다는 것

짧은 스침 속에
인생이 켜켜이 쌓이고
번개처럼
찰나의 빛으로 터지며
꽃봉오리처럼 피어난다

터널 끝 찬란한 빛처럼
스쳐간 이들의 향기처럼

그 순간들이
오늘의 나를 만든다

영원도
완전한 행복도
머무는 곳이 아니라
우리가 향하는 방향
그 길 위의 찰나임을

여행의 방식

가방보다 먼저
결심이 떠났다

정해진 시간표를 따라
움직이던 하루 속에서
나는 비로소
멈추는 법을 배웠다

무엇도 하지 않음은
해방이 되었고
계획 없는 시간은
하루를 가볍게 했다

낯선 풍경은
삶을 되돌려 보여주었고
무뎌진 감각들은
다시 살아나기 시작했다

길 위에서 나는 묻는다
무엇이 나를 이루고
무엇은 벗어내야 하는가

여행은 삶을 바꾸지 않는다
다만
그것을 바라보는
눈을 바꿀 뿐이다

새로운 길은
말이 아니라
시선으로 열린다

바람의 초대

52

가을이 창을 건드립니다
말없이 문틈을 밀고
내 안에 오래된 방 하나
살며시 열어둡니다

먼저 저편 어딘가로
떠난 이름들이
입술 끝에 닿기도 전에
바람이 먼저 알아차립니다

부르지 못한 말들로
빈 의자 하나씩 꺼내어
묵은 침묵을 닦아냅니다

그곳은 멀고 고요하여
닿을 수 없지만
늘 나를 향해
열려 있습니다

그 언저리 어디쯤
나는 살아 있는 자리에서
서성입니다
바람의 결을 따라

빛으로 남은

안개 걷힌 산 정상
햇살이 부서져 내린다

숨 가쁘게 오른 산길
서로의 눈동자에
찬란한 빛으로 담긴다

스쳐가는 바람
땀에 젖은 얼굴

숨 죽인 기쁨이
마치 오래된 별처럼
가슴 깊이 빛난다

이제 내려갈 길이지만
그 빛은 우리 안에 그대로
어둠 속에서도
선명한 온기로
끝없이 퍼져간다

함께 걷는 이 길 위에서
우리가 나눈 이 순간은
시간 너머
빛으로 남아
영원으로 머문다

사과와 통증 사이

입에 넣는 것마다 꽃이 피었고
날마다 입으로 계절을 먹었다
잎맥마다 젊음이 숨을 쉬었고

쌀알은 더 이상 하얀 죽음이 아니었다
김 위로 솟아오른 무형의 심장
생의 깊은 곳에서 끓어오르는 문장

어머니는 말했다
"젊음은 쇠도 씹는다"고
그 말은 칼이었고 방패였다

설익은 시간 속에 앉아
밥알 사이의 무늬를 읽었다
뜨거움은 언제나
말이 되기 전에
먼저 목구멍을 지나갔다

달큰한 빵 한 조각이
몸 어디에 머무는지를 따라가며
나는 내 시간과 다시 몸을 맞댄다

이제
한 알의 사과를 해석하는 데도
전날의 통증이 동의해야 한다

살아 있음 위에 켜진 경고등은 붉고
붉음은 단맛을 닮았다

삶은
먹는 것과 먹히는 것 사이
끝없이 흔들리는
구강의 일인가 보다

말하지 않아도

"네, 말씀하세요."
언제든 내 마음을 먼저
다정하게 묻는다

말하지 않아도
들을 준비가 되어 있다는 듯
조용히 기다린다

원하는 길 어디든
손잡듯 이끌어 가지만
한 번 정한 길 앞에서는
결코 마음을 바꾸지 않는다

그 고집은
또 다른 사랑의 이름처럼
내 안 깊숙이 스며들어
엄마의 숨결을 부른다

묻지도 않고
내 마음을 읽어
엄마의 집으로 이끌어간다
네비게이션의 고집처럼
지도에 없는 길로

그 길을 가며
나는 알았다
내가 이미 그곳으로 향하고 있었다는 걸

어울림

하늘과 나무
파랑과 초록
있음과 없음

비가 그치고
투명한 하늘이
싱그러운 초록 사이로 스며든다
시적 공간이 펼쳐진다

빛과 그림자가 얽히고
소리와 침묵이 겹친다
서로 다른 결들이 서로를 넘나들며
새로운 공간을 연다

어울림
서로 다름이 하나 되는 순간의 떨림
그 자체로 깊은 울림

한참을 서서
따뜻한 위로를 느낀다

깊은 가슴 한 곳에서
잊혀진 자유가
조용히 깨어난다

노을빛으로 오신 당신

바라볼 수조차 없던 해는
그 자체로 아버지였다

너무 멀고, 너무 뜨겁고,
너무 강해 다가설 수 없던

그러나 해가 지면
물 위로 번져드는 그 노을빛이
바로 내 안에 스며든 아버지의 숨결
세상에서 사라진 그가
어디선가 나를 바라보며 숨 쉬는 듯하다

그의 무게는 나의 뼈에
그의 침묵은 나의 말에
그의 걸음은 나의 하루에 남았다

한 때는 너무 멀고, 너무 낯설고
때론 두려웠던 그 빛을
이제는 가만히 내 안에 들인다

당신이 남긴 노을빛은
그리움으로
버티는 힘으로
내 삶을 비추고 있음을

나는 오늘, 그 노을 속에 선다

이름이라는 꽃

우리는
태어남을 선택하지 않고
이 세상에 왔다
그러나
이름을 얻는 순간부터
우리 삶은 선택의 연속이 된다

이름은
소리이자
불림이자
존재의 최초 증명

누군가 나를 부르는 그 순간
나는 이 세계에
단 하나의 나로 태어난다

이름으로 존재하고
이름으로 살아간다는 건
내 삶을 내가 살아내겠다는 선언이다

무명의 어둠에서
이름이 피어나는 빛으로
우리는 매일 자기 자신을 꽃피운다

이름은 그 사람의 꽃이다

나는 오늘도 묻는다
당신의 이름은 무엇인가?
그리고
그 이름을 얼마나 사랑하고 있는가?

가을비

한여름 장맛비처럼
가을비가 내려
잘 익어가던 황금들녘을
근심 걱정으로 채웠다

뭣도 모르고 철모르게
비오는 것이 좋아라
안부 인사 보냈더니
불덩이가 끓고 있다고
차가운 답장이 왔다

창 안에 앉아 바라보는
낭만적인 비는
지켜야하는 것들 앞에선
발동동 애태우는 불덩이였다

문을 열고 나서는 아침길로
불덩이가 쓰윽 지나가고
불쑥 들이쳐 파고드는 한기

숨어온 겨울이 하얗게 웃는다
가을이 내팽개쳐졌다

알아차릴 수 없게 위장한
가을비는 불청객을 풀어놓고
제 맘대로 휘젓고 있다
가을생의 곡소리가 낭자하다

아침토끼

검은 토끼 흰토끼
계단 위를 쿵더쿵 쿵더쿵
아침을 찧는다

방울방울 퍼지는
졸음의 구름을 밀어내고
달나라 문이 열린다

깡총
현실을 벗어난다

잠과 상상
그 사이 어딘가
살짝 남은 꿈 조각들

토끼가 된다
동심이 깃든 발끝에서
아침이 반짝인다

세상은 나의 그림자를 비추는 거울이다
자연 속에서 나는 내 모습을 마주하고 비로소 나를 알아간다
물고기처럼 헤엄치는 삶, 그 속에서 우리는 함께 꿈을 꾼다

별빛 아래 토끼와 막내

산책길 풀잎 끝
강아지풀로 토끼를 빚었다
마치 쌍둥이처럼 함께 걷던 우리

수면 위로 퍼지는 파문처럼
나란히 흩어진 발자국
풀꽃 웃음과 이야기는
어둠 속에 피어올랐다

여덟 형제의 끝동
제일 먼저 별이 된 너
그 빛은 여전히 선명하고
무심히 스친 발자국은 길이 되어
기억의 강물로 흐른다

너 없는 길은 쓸쓸하고
바람에 실려 오는 기억은 차갑지만
그리움은 별이 되어
밤하늘을 지킨다

물고기 풍경

어느 집 처마 아래
물고기 하나, 바람에 흔들린다

초록빛 짙은 여름을 배경으로
물 밖에 오래 있었던 몸
비늘 대신 종소리를 걸치고
햇살을 따라 낮게 운다

그는 더 이상 헤엄치지 않는다
팔딱이는 꿈 대신
쉼표처럼 매달려
들판의 숨을 듣는다

금속의 차가운 숨결을 입고
다시 태어난 생은
떠나온 물의 경계를
바람에 기대어 떠올린다

이제껏 껍질로만은
나를 다 말할 수 없으리라

어디서 왔는지, 무엇이었는지
나는 모른다

가끔 보이지 않는 형체로
가끔 흔들리는 바람 사이로
이전의 흔적이 일렁인다

대지는 잊지 않았다
강물 흐르던 젖은 기억의 무늬
마음의 수면 아래로 가늘게 퍼진다

살아있는 지금
무엇으로든, 어떤 모습으로든

흔들리며 살아가는 것
어디서 와서 어디로 가는지

알 수 없음 위에서 부표처럼

세상의 처마 끝에서
흔들리고 또 흔들리며

빛은 음악처럼

밤의 중심에서
파도가 아닌
어느 숨결 하나가
물살을 흔들었다

고요가 말을 걸고
달빛은
말없이 고개를 끄덕였다

소리보다 더 느린 생각으로
검은 바다 너머를 오갔다

빛이 한 음 한 음
움직임마다 내려앉았다

지상이 악보가 되고
그 위에서
하루를 걸었다

비에 젖은 꽃을 본다

색색의 꽃잎 위로
투명한 빗방울이 맺힌다

숨죽였던 숨결
꽃잎에 생기가 번지고

촉촉이, 조용히
다시 피어나는 생명

젖음은 상처가 아니다
견뎌낸 순간마다
더 선명해지는 고유한 얼굴

쓰러짐이 아니라
다시 일어서는 힘이라고
꽃잎은 말한다

꺼내지 못한 울음
닦아내지 못한 눈물 또한

젖은 꽃잎 속삭임에 잠겨
다시 빛을 배운다

비에 젖은 꽃잎처럼
조금씩, 분명히
나를 세워온 날들

흐르되 사라지지 않는
그 고요한 반짝임 속에서
오늘도 나는 멈춰 선다

아침이 오는 소리

어둠 속에서 들리던
대단했던 개구리 소리가 잦아들고
이름모를 새소리가
음역대 다른 노래로 풍성하다

밤에도 아침에도
혼자가 아니라는 사실을
늘 확인하게 해주는 품넓은 자연
강렬한 살아있음으로 감사하다

아침이 오는 소리에
어둠이 물러나며
창문 사이로 빛이 스며든다

들숨을 따라 들어오는
청량한 바람 한 줄기
잠든 마음을 조심스레 흔든다

아침은 그렇게
말 없이 내 곁에 와 있다

기다림 없이도 오는 아침이
가끔은 눈물겹다

노란색 예찬

노란색이 어둠 속으로
잠시 쉼을 향해 떠난다

노랑 바람개비에 남겨둔
소박하고 친근한 웃음이
텅 빈자리에서도 돌고 있다

주어진 만큼 유한한 몸 어쩔 수 없이
아직 해야 할 일 어깨 가득 둘러메고
떠나가는 발걸음 얼마나 무거웠을까

노랑 바람개비 동산에서
어둠을 벗겨내며 빛을 내는
또 다른 사람들로 되살아나

몸과 몸으로 연달아 이어
소통의 강물 흐르게 하고
잃어버린 지혜 되찾으라 한다

나지막하게 들려오는 음성
신나게 바람개비 돌아간다

노란색이 어둠 속에서
더 선명하게 제 빛을 발하며
다시 떠오른다 찬란한 헬리오스

작은 씨앗

작은 씨앗 하나
바람을 타고 세상을 날아요
바람 끝까지
처음 만나는 세상으로

꽃잎이 동그란 눈 깜빡이며
"잘 잤니?"

햇살과 바람이
쓰담쓰담 어루만지며
조용히 웃어요

작은 씨앗은
처음 세상 품에서
까무룩 꿈을 꾸어요

작아도 괜찮아
꽃으로 피어날 거니까

하늘을 향해 높이
꽃잎이 까치발 돋아요

부재의 온도

밤새 내린 마음의 비는
창문을 닦고 떠났다

남겨진 건
투명한 적막
그리고 그 위에 뜬 물비늘 몇 점

어제의 목소리
내 안의 들판을 지나
짙은 흔적을 남기고 사라졌다

웃음과 따뜻한 말들이
꽃피듯 몰려왔다 사라졌다
봄잠같은 시간이었다

이제는 숟가락 하나 밥그릇 하나
그림자까지 절제된 조용한 식탁
나는 누구의 부재도 묻지 않는다

말하지 않은 말들로
하루를 끓인다

이 고요함은
아무에게도 들키지 않는 나만의 것
나의 집이다

밤이 어둠을 열면

밤이 어둠을 열면
호수 위 나무들은 그림을 그린다
깊은 내면으로 가지를 뻗어
겉만 자란 나를 조용히 안는다

밤이 어둠을 열면
보이지 않게 서있던
하얀 달 어둠 속에서 나타나
늘 함께였음을 확인해준다

밤이 어둠을 열면
빛 가장자리로 밀려난 그림자 같은 마음
꿈틀거리며 생존 신고를 하고

누르고 감추고 밀어둔 순간들
숨구멍을 열어 큰 숨 내쉰다

조용히 새로운 나를 마주한다

피어나는 것들

벗꽃이
달빛처럼 피었다

빛은
하늘에만 있는 게
아니었다

너도 나도
어둠 속에서
조용히 피어난 빛이었다

은빛 달이
밤을 적시자
벗꽃이 눈을 떴다

코스모스에게서

한여름 태양을 품고 초록빛으로
벼들이 차츰 여물어가는 들판
그 가장자리 논두렁에
코스모스가 가을을 노래합니다

여름의 수고를 위로하는 듯
입맞춰 서둘러 피어나
초록빛 물결 위에
고운 꽃잎을 수놓습니다

여름의 열기 속에
가을이 살짝 발을 들여놓은 듯
햇볕은 여전히 뜨겁게 타오르지만
서늘한 바람 속에는 이별의 기척이 번집니다

초록 들판 위
여름과 가을이 잠시 만나
서로의 계절을 포옹합니다

코스모스에게서
여름과 가을을 함께 봅니다

눈부신 기다림

넓은 오월의 논에는
모내기를 기다리는 물이 가득
물결 위로 흩어지는 햇살
찰나가 만드는 눈부신 기다림이다

씨앗의 꿈은 그 어디에서도 보이지 않지만
땅의 어머니는 조용히 속삭인다
그 말을 먼저 알아챈 바람은
가벼운 발걸음으로 물 위를 지난다

어머니의 기다림 따라 조용하게
이미 태어나고 있는 모든 것들
그 사이에서 세상은 멈춘 듯
비밀스런 춤으로 깊은 숨을 쉰다

그리고 나도
그 기다림 속에서
살아있음의 눈부심을 깨닫는다

땅의 숨결, 바람의 속삭임
물의 흐름과 햇살의 애틋함 속에서
나는 그 자체로 빛나는 존재임을

무심히 깃들다

어둠 속 조명 하나
물 위에 떨어진다
깊이를 모르는 진동
고요가 심연으로 퍼진다

무겁던 것이
더 이상 이름을 부르지 않는다
기억도, 감정도
소리 없이 젖어든다

산은 길을 내고
구름은 하늘을 비워낸다
바다는
언제부터였을지 모를
말없는 고요를 펼친다

걸음은 있었지만
발자국 하나 남지 않았다

무엇이 지나갔는지
묻지 않는 아침이다

빛은
무심히 깃들고
모든 것이
그 자리에 빛만이 머문다

안개

더 이상 공기 한 점
받아들일 수 없다
커질 대로 팽창된 가슴

바늘구멍 하나만큼만

눈앞 가로막고 서서
보여주지 않겠다 놓는 으름장
뜨고도 볼 수 없는 눈

벗겨내 한 뼘만큼만

소화제 한 알
하얀 포말 일으키며
가슴 쓸어내리고

돋보기 하나
심봉사의 눈 안으로
활짝 청이 모습 선명하다

4부

다시 깨어

고요한 상처를 지나 천천히 회복되고
다시 시작하는 시간들

상처가 치유되는 시간 속에서 우리는 다시 깨어난다
고요한 아픔은 결국 나를 더 강하게 만들고, 그 속에서 새로운 시작을 맞이한다
삶은 언제난 다시 시작이다

다시 깨어

숨을 고르는 새벽
미세한 떨림이 어둠으로 스민다
살갗에 감도는 보드라운 이불결
심장이 천천히 빛을 받는다

긴 밤의 무게가 서서히 풀리고
새들의 노래가 아침을 깨운다
온몸을 감싸는 투명한 울림
시간이 생명으로 다시 피어난다

아침은 눈을 감고도 보이는 빛
천천히 그러나 또렷하게
내 안으로 스며든다

맑은 숨이 흐르고
심장이 고요를 두드린다

살아 있다는 전율
종소리처럼 울려 퍼진다

다시 그리기로 했다

말대신
붓을 든 한 사람

그녀의 의자에 앉아
시선 안에 풍경이 된다

부드러운 눈빛으로
보고 또 본다
살아온 일생이
조용히 열린다

지나온 계절이
풍화된 얼굴 위로
햇살에 그을린 침묵까지
스며든다

눈가에 번진 미소 하나
지워지지 않는 그림자 하나

모두 화폭 속으로
노을빛처럼 물들어 간다

천천히
그리고
아름답게

누군가 나를 본다는 것이
이렇게
다른 일이라는 걸

붓을 털어낼 즈음
조금 덜 숨었고
조금 더 따뜻해졌다

말없이
나를 다시 그리기로 했다

그림자에 걸린 바람

깨진 유리 속에 숨겨진 무게를
나는 오래 품고 있었다

무게 없는 바람에 걸린 그림자가
내 안의 시간을 멈추게 했다

멈춰 선 시계의 박동 없는 심장 아래
차가운 불꽃이 타오르는 심연에서
나는 눈물 대신 흐르는 바람이 되었다

부서진 목소리의 잔해 위에
깃털 같은 쇠사슬을 걸고
사라지는 발자국 위에 쌓인 먼지를 밟으며
나는 나를 찾아 헤맸다

어둠을 헤엄치는 빛줄기 하나
종이처럼 얇은 강철 심장으로
나는 아직 걷는다

괜찮지 않아도 괜찮다고
깨진 조각들이 속삭인다

그 속에서 나는 나를 껴안고
오늘도 부서진 시간을 안으며
작은 숨결 하나,

그 부서진 시간 속에서
나는 살아있다

비워진 후에야

언제나처럼
힘들다는 너의 말
아픈 마음 비칠 때면
나는 물을 부었다

고요히, 조용히
내 안 깊은 샘을
길어 올려

그러다
서서히 마르며
텅 빈 바닥이 드러난
내 안을 보았다

너는 고맙다 했지만
나는 끝내 목말랐다

다시 너에게
맑은 물을 건네고 싶어도

채우지 못한 내 마음으로는
되지 않는 일이었다

거북 등껍질 같은 마음
먼저 채워야 할 것은
나였다

폭우 그치고 하늘이 말을 걸다

울지 않아도
슬플 수 있고

말하지 않아도
상처일 수 있다

누구에게도 보일 수 없어
더 깊게 새겨진 마음들

그 순간을 꺼내어
햇빛에 말려보는 날

다정히 껴안을 수 있다는 것을

극한 폭우가 지나간 자리
더 맑아진 하늘 아래서

낮을 위한 찬사

빛나는 시간이었다

비록 완벽하진 않았지만
걸음을 멈추지 않았고
숨을 쉬었고
누군가를 향해 마음을 열기도 했다

낮은 그 모든 순간을
있는 그대로 품었다
비틀거림도 진심이었고
침묵도 햇살 아래 숨쉬고 있었다

낮에게 고맙다

나를 다 써가며 살아내는
모든 존재를 비춘 것에 대하여

아직 오지 않은 말

겹겹이 쌓인 오십 세월이다
언제 이렇게 살았는지 아찔한 되새김

살아간다는 것은
이별의 아픔을 쌓아가는 일이지 싶다

난세를 살아낸 영웅처럼
치열하게 숙성해 온 삶의 순간들이
하얀 깃털을 달고 미지의 길로 떠나간다

북적이는 오늘이 떠나고
육신의 일부로 새겨진 사랑이 사라지고
때때로 이름을 달리하는 마음이 생겨난다

살아야 하는 덜 된 삶에게
아직 오지 않은 말들은

흩뿌려진 슬픔을 군중으로 앞세워
낯설고 새로운 세상을 건넨다

한 번도 맞은 적 없는 곳으로
마음겹 사이마다 짙은 눈물 배어난다

희망의 첫걸음

어둠 속에서 길을 잃지 않고
늘 그대로 빛을 내는 별처럼
사라지지 않는 순간이 있다

깊은 새벽, 세상은 숨을 멈추고
고요 속에서 시간은
다시 한 걸음, 새로운 시작을 준비한다

작은 발걸음 하나
보이지 않는 곳에서 움튼 그 작은 흔적들이
별빛처럼 흩어져 어둠을 밝히며
서로를 향해 모여든다

혼자의 새벽은
고요한 침묵 속에서 우리를 향해 흐르고
서로의 손을 잡고 숨결을 나누며
삶의 생기를 더한다

떠오르는 아침 햇살과
손끝에 닿은 희망의 빛

우리의 걸음이 세상에 사랑의 꽃을 피운다

새벽을 지나
우리의 꿈을 현실로 만들며
우리는 함께 길을 잃지 않은 별이 된다

여름은 사과하지 않는다

배롱나무는 말없이 피어난다
한 송이 꽃이 뜨겁게
바람 잃은 공기를 품고
여름 자리를 지킨다

그 붉은 꽃잎은
가장 강렬한 빛의 순간
자기 자신을 뿜는다

아침을 기다리고
한낮을 버텨내며
뙤약볕 속에서
결코 떨어지지 않는다

여름빛이 강할수록
속 깊어지는 나무는
견뎌낸 뜨거운 시간으로
한 송이 꽃 이름을 짓는다

배롱나무꽃
여름에서 자기 궤도를 지키며
비와 바람과 뜨거운 햇살로
스스로를 조용히 완성해간다

꺼지지 않는 침묵

눈발이 내려
사방이 하얀 경전이 될 때
작은 광장 한 켠
시민의 숨결이 새벽의 등불처럼 깜빡인다

세상이 침묵이라고 부를 때
나는 그 침묵 안에서
벼락 같은 외침을 듣는다
지지 않는 매화가 눈 속에서 피어
검은 땅을 흔드는 함성

복종이란 단어가
칼날처럼 내리꽂히던 시절
우리는 굽히는 대신
스스로를 태워 길을 밝혔다
재가 되어 바람에 흩날리며
다시 봄을 잉태하는 거름이 되었다

님을 보내지 않는다는 것은
그대를 잊지 않겠다는 약속이 아니라

내 안의 그대를 살려
나 또한 서겠다는 뜻임을
이제야 알겠다

작은 광장이, 오두막이 거대한 우주를 품듯
침묵 속에서 역사가, 사람이 연대한다

꺼지지 않는 등불
우리의 숨결이 내 심장 속에 번진다

그대에게 봄이 오고 있습니다

수없이 살아낸 봄이
오늘은 너무 새롭다고 말합니다
살아온 시간이
봄이라는 이름으로 이야기될 수 있다니
그저 신기하기만 하답니다
삼동을 견디고
마침내 자기 자신에게로 돌아온 봄처럼
그대의 얼굴에 웃음이 피어납니다

"이제는 웃으면서 다녀요"
사람들도 말하지요 얼굴빛이 달라졌다고
다시 세상을 알아보게 된 것 같아요

엄니의 기억이
생각지도 못한 틈으로 새어나오고
시로 써내려간 문장마다 치유의 손길을 느껴요
꽃길에 기대는 마음으로
소녀처럼 따뜻한 말을 꺼낼 수 있어서 기뻐요

조용히 시 안에서 그대들이 자라고 있습니다

나는 시를 들고
그대의 마음에 봄을 옮기는 사람
단어 하나가 눈처럼 스미고
말하지 못한 시간들이 한 줄 고백으로
피어나는 작은 시의 온실

나는 오늘도
꽃길만 걷자 동행으로
우리가 걷고 있는 길이 꽃길임을 말합니다
지금 여기, 시 속에서 다시 피어나는
오래 묻혀 있던 그대만의 봄을
나는 조용히 웃음으로 확신합니다

그대에게도 봄이 오고 있습니다

해맞이

짓누른 어깨 다시 들어올려
붉은 숨 토해놓는다
억눌린 시간 그 속에 갈망들
파노라마처럼 한 아름
피어오른다 환호의 물결 속으로

차갑게 어둠길 헤치고
한 조각 빛을 붙잡으려
달려온 달콤한 기다림이여

무겁게 눌린 순간 찬란하게 피어나고
절망의 틈 사이마다 따스한 햇살 스며든다
목놓아 울부짖던 여린 그녀도
뜨겁게 내뱉던 한숨 깊은 그도
새로운 삶의 숨결을 찾아마신다

그리하여 다시 살아갈 오늘을 연다

너를 보았다

작은 어둠은
가장 깊은 중심에 머문다
빛이 닿을 수 없는 그 곳에서
침묵처럼 단단히
씨앗은 조용히 자라고 있었다

작은 어둠은
빛조차 스며들 수 없는 틈
아무도 들여다보지 않는 그 안에서
갈라진 끝에 드러냈다
그제야 나는 너를 보았다

눈물의 문장

말없이 고요하던 눈동자에서
봇물처럼 터져 나온 눈물은
말로 건너지 못한 강이었다

입술 닿기 전, 사라져버린
부서진 문장들의 무리였다

목 놓아 쓰는 마음의 비가
아무도 모르게 깊은 밤을 건너
조용히 써 내려간 끝없는 고백

그 고요한 물결 위에
아직 말하지 못한 내가 떠 있다

때로는 말보다 깊은 마음이 있다
조용히 그러나 강하게 전해지는 위로의 손길
당신의 하루를 채우는 작은 시 한 편이
그 어떤 말보다 큰 위로가 된다

말없는 자리

고요는
아무 말도 하지 않는다
그 자리, 그대로 머문다

나는 고요 속에서
비로소 요란한 내 생각을
하나씩 마주한다

침묵으로 쏟아지는 문장들
한 번도 외쳐본 적 없는
내 안의 목소리

하얀 밤바다의 포말처럼
가슴이 투명해질 수 있도록

고요는
말없이, 끝까지 기다린다

달항아리 1

추석이 품은 보름달
곳곳 가리지 않고
고운 빛가루 뿌려놓는다

행여 놓칠세라 긴밤
틈새 사이마다 어여쁘게
빛숨결 불어넣는다

처녀지처럼 빚어진 그대로
담겨질 어떤 것으로도
충분해질 겸손함을 품는다

뚝심있는 손길을 타고
사랑담은 가슴이
너울너울 밤하늘에 뜬다

보름달 안은 달항아리
아가젖 먹이는 엄마품처럼
어둠 위에 꿀같은 사랑 펼친다

달항아리 2

둥글게 넉넉하게
긴 시간의 흔적 새기고
세상 모든 것 품어안는다

시간 따라 씌여진 이야기
가고없음 소리없이 숨쉰다

있는 자리 그대로
어둠 짙어질수록 빛나는 너에게
살짝 기대 흘러간다

시간 따라 왔다가며 새겨지는
아픔같은 상처같은 시간흔적

달항아리
둥글고 넉넉한 품으로
세상 살아가야지
널 닮은 존재 되어야지

몇 개의 작은 상처

폭우가 쏟아져 내린 여름날
세상은 물결 따라 쓸려가고
뜨거운 햇살 한줌
부서진 하늘을 다시 펼친다

커다란 상처는 기억하고 있다

깊고 무겁게 바닥을 친 시간들을
그리하여 견딘다
숨죽인 채, 다시 살아낸다

하지만 보이지 않는 작은 상처들은
뼈 속에서 말라가고
알 수 없는 어둠 속에서
삶의 숨결을 조금씩 삼킨다

그들은 어딘지도 모르게
조용히 머문다
아물지 못한 채, 스스로 감춘다

몇 개의 작은 상처들
평생 삶을 흔드는 은밀한 균열이 된다

쉼을 위한 기도

길 위에서 멈춘 적 없다
서 있는 시간이 몸이 되었다
바닥이 굳고 어깨가 무너질 때마다
나는 의자를 생각했다

눈길 하나 없을 자리
내 안의 다급한 호흡을 눌러줄
작고 단단한 침묵 하나

누구도 내게
앉아도 된다고 말해주지 않았으나
나는 오늘도
없는 의자 위에 마음을 얹는다

버티는 것도
바라보는 것도
기도처럼 오래된 습관

비어있음에 대하여

내어준다는 건
떠나는 것이 아니라
기다리는 것이다

햇살이 먼저 앉는 자리
바람이 쉬어가는 공간
나는 나를 비우고
누군가의 하루를 맞는다

의자는 비어 있을수록
더 많은 이름을 품는다
그리움도, 환대도
고요 속에 앉는다

나는 이제 안다
비어 있다는 건
텅 빈 것이 아니라
가득 찬 일이라는 것을
비어있음에 대하여

르누아르처럼

밤새 내린 비는
회색물이었나 보다
아침이 들어설 곳 하나 없이
세상은 잔뜩 찌푸러져 있다

잠들지 못한 밤
어둠이 가시지 않은 아침
일상을 피할 수 없는 걸음들이
병목 앞에서 바쁘기만 하다

행복은 이유보다
회색에 먼저 젖어들고
떨어지는 빗방울만큼
겹겹이 마음을 공격한다

보이지 않는 은하수 문이 열린 걸까
작은 우산 아래서 기울인 마음
보물같은 웃음꽃 피워낸다

여전히 그칠 줄 모르는 비
그 속에서 더 젖어들면서
멈추지 않는 사랑을 보았다

살아있음의 빛깔이다
르누아르의 붓끝으로
찬란하게 그리는 오늘

빛은 언제나 먼저 와 있었다

내 이름은 나만의 것이 아니다
세운 탑은 이미 다져진 땅 위
길 위에 남긴 발자국들이었다

어린 시절 한 밤의 기도소리
장독대에 스며든 숨결
길가의 인사들 속에서
오늘의 내가 자라났다

문장을 완성하기까지
그 자리에 숨은 침묵이 있었다
내가 던진 말은
누군가의 품에서 묵혀졌다

살아간다는 것
내가 이룬 모든 것은
나 혼자만의 것이 아니다
그 모든 것은 먼저 와 있었다
말없는 사랑 끊임없는 연대

오늘 아침
내가 서 있는 이 자리가
누군가의 기도와 기다림 속에서
조용히 태어났음을 알게 한다

작은 꽃에게

누구의 시선에도 닿지 못한
한 송이 풀꽃
땅에 묻힌 별빛처럼 피었다
숨결 없는 바람에 몸을 싣고
말없이 피어나
또 말없이 져간다
바람 따라 춤을 추고
햇살 아래 웃음 짓고
그저 시간을 품고 있다
빛나지 않아도 잊히지 않는
침묵 속에서 더욱 깊어지는
소리 없이 깨어나
끝내 먼 기억으로 울리는

내 마음도 그랬으면
누군가 곁으로 따뜻했으면
작은 꽃, 너에게 기대본다

조용한 붓칠

빗방울 하나
유리 위에 떨어진다

속삭이듯 번지며
세상을 조용히 붓칠한다

불빛은 물들고
시간은 멈춘다

소음 대신
빛과 물이 그리는
고요한 풍경

아무 말 없어도
이 순간은 충분히
아름답다

주문

외로움은 길을 잃은 그림자처럼
어둠 속을 헤매며
내 발자국을 따라다닌다

그 울림은 고요를 깨고
이내 벽을 넘어 나를 덮는다

밤이 깊어질수록
사라진 말들은 더 이상
대답하지 않고
나는 홀로 서성인다

무너진 성벽 앞에서
부서진 조각들을 쌓아 올린다

이제 나의 살갗으로
숨결 되어 흐르는 외로움
마술사의 마술 주문처럼
하나 되어 나는 사라진다

외로움이 몸으로 피는 순간
스며드는 자유는 영혼을 연다

그러니 너는

사실은 괜찮지 않는데
괜찮은 척 그런 날이
생각보다 많지?

누가 물어봐 줬으면 했는데
정작 아무도 묻지 않아서
그냥 웃어버린 날도 있었을 거야

어느 순간
너무 작아진 것 같은 기분
너는 그럴 때
어떻게 견뎠니?

세상이 벽처럼 느껴지고
그냥 있는 것도
힘든 날이 있었을 거야

가끔은
괜찮다, 힘내라, 다 잘 될 거야

그런 말들이
더 멀게만 느껴지기도 하지

하지만 말야
그렇게 느끼는 너의 마음
어디가 고장난 게 아니야

요동치는 기분도
말없이 쏟아지는 눈물도
다 네가 살아 있다는 증거야

그러니 너는
지금 이 순간의 너를
억지로 밀어내지 않았으면 해

아직 다 말하지 못한
작고 여린 마음들까지도
그대로 두었으면 해

그래야 언젠가
네가 네 마음을
진짜로 들어줄 수 있을 테니까

그러니 너는
너에게
조금 더 기회를 주기 바래

아직도 흐르는 중이다
- 안개, 유성, 강물, 꽃눈으로 쓰는 자서전

1.

눈을 뜨면 희뿌연 안개의 시간
어제의 말이 채 마르지 않은 입술로
누군가의 기억을 적신다

안개는 온몸이 수분이라
부력으로만 존재한다
붙잡으려 할수록 흩어지는 것
그 흔적이 나의 첫 장이었다

2.

안개가 걷히면 유성이 떨어진다
별이 낮에 보이지 않는 건
바람보다 빠르게
한 생을 달려가기 때문이다

어둠은 언제나 배경이었고
빛은 찰나에 다 타버렸다
그러나 올려다본 눈동자 속에서

나는 가장 밝았다
사라지는 순간에도 기록되는 불빛
그것이 나의 두 번째 장이었다

3.
시간을 말하자면
강물이라 해야겠다
흘러야만 살아 있었고
머무는 순간 썩어버렸다

스스로를 깎아낸 만큼
누군가의 갈증을 적셨다

흐른다는 건 지워짐이 아니라
다른 이름으로 이어지는 일
안개를 지나, 유성을 지나
내 안으로 되돌아오는 길
그 길이 나의 세 번째 장이었다

4.
어느 날, 문득
꽃눈 하나가 돋았다
아무도 바라보지 않던 자리에서
계절이 밀어올린 숨결
아픔과 기다림이 포개진 시간 위에
새로운 문장이 움텄다

어제는 안개로
오늘은 유성으로
내일은 강물로 흐르며
나는 아직도 쓰이는 중이다

선물

김선순 시집

Poems by Kim Seon Sun

현실적 삶의 새로운 존재 가치 실현

- 김선순 시집 『선물』의 시 세계

구재기(시인, 한국문인협회 부이사장)

현실적 삶의 새로운 존재 가치 실현
- 김선순 시집 『선물』의 시 세계

구재기(시인, 한국문인협회 부이사장)

- 내용이 끝나는 것에서 시작되는 것,
황금어의 피안彼岸에, 도시 성곽의 외부에, 토론의 형자形姿를 뒤로 하고,
사고 체계를 벗어나서 신비로운 장미는 개화開花한다.
서릿발의 열기熱氣 속에, 도배지의 희미한 무늬 속에, 제단祭壇의 뒷벽 위에,
피어나지 않는 불꽃 속에서 시詩는 존재한다
- M. 아놀드 매슈 아널드[1]

■ 들어가면서

문득 '만나다'란 단어의 의미를 생각해본다. 일상생활의 삶속에서 '만나다'라는 의미는 '오가다가 또는 일부러 일정한 곳에 가거나 누구로 하여금 오도록 해서 마주 대하다'는 의미를 말한다. 그

---

1) 매슈 아널드(Matthew Arnold, 1822년~1888년)는 영국의 시인·평론가이다. 그는 "시는 근본에 있어서 인생의 비평"이라 생각하여 시를 최고의 문학이라 하였으나 문학 이외에 교육, 정치, 종교도 대상으로 당시의 물질주의와 영국인의 지방적 속물근성을 비판하고 고전적 정신에 의한 교양주의를 추진, 그리스와 헤브라이 정신의 조화를 역설하였다. 아널드의 "대상은 그 본질에 있어서 있는 그대로를 보아야 한다"라는 태도와 영국문학을 유럽 문화의 본류本流에 돌려 문학의 바른 전통을 명백히 하려던 입장과 편협한 역사적 비판에 대한 반론 등은 회의적인 불가지론자不可知論者의 냉정하고 난삽難澁한 탐색을 생각케 하여 그를 20세기의 비평가로까지 접근하게 한다. 그러나 과거의 영국시인에 대한 평가는 영민한 아널드도 로맨틱한 편견을 벗을 수가 없었다. - 《위키백과》에서

러나 '임자 만나다'라 한다면 '(무엇이) 잘 다룰 수 있는 주인을 만나 제구실을 하게 되다', 또는 '(사람이) 단수가 높거나 뛰어난 상대를 만나다'라는 의미를 가지게 된다. '야단을 만나다'라고 한다면 '(사람이) 소리를 높이거나 크게 꾸짖는 일을 당하다', 혹은 '(사람이) 아주 난처하거나 딱한 일을 당하다', 또 '주인을 만나다'라 하면 '(무엇이) 잘 다룰 만한 사람을 만나 제 구실을 하게 되다', '대목을 만나다'라고 한다면 '(장사 따위가) 가장 활발한 시기가 되다'라는 의미로 쓰이기도 한다. 단어 하나에도 이렇게 다양하게 의미가 변화하여 제 각각 언어의 맛과 향을 가지고 있거니와, 이와 같이 단어를 통한 상상력 위에서 산출해내는 시 속의 환상 속에서는 과연 어떠한 언어가 어떠한 의미를 창출해내어 경이와 환희 같은 것을 발견할 수 있도록 하게 하는 것일까.

일상의 삶 속에서 숱한 '만남'이라는 경험經驗으로부터 시작된 감정의 발로發露가 언어를 통한 정서情緖에 기인起因하기 시작하고, 곧바로 '예기치 않은 것을 산출함으로써 경이와 환희 같은 것을 발견하는'(M.아놀드) 것이 바로 시詩라고 말할 수 있지 않을까. 언어의 의미 분화分化로부터 경험을 통한 상상력이 발휘되고, 마침내 한 편의 시작품을 창출해 낼 수 있게 된다면 일상의 삶을 보다 더 윤택하게 영위할 수 있게 될 것이다. 이와 같은 의미에서 한 편의 시란 일상의 진리이며 삶 속에서 단순하게 용출湧出되는 새로운 삶의 한 모습을 그대로 '새롭게 보여주는 것'이라 하겠다.

이와 같은 측면에서 김선순의 시작품에 나타난 새로운 삶의 모습은 과연 어떠할까. 그리고 그러한 삶의 모습은 우리에게 과연 어떤 의미로, 어떤 경이로움과 환희로 다가오게 되는 것일까. 전체 5부로 나누어진 70편의 시작품 중에서 임의로 가려 뽑은 시작품을 중심으로 살펴보기로 한다.

　1. 삶, 그 자체自體로서의 제시提示

　일반적으로 시란 삶에 있어서 보다 더 구체적으로 말할 수 없는 것을 가장 정확하게 표현해 주는 언어의 결합체로 형상화되어 이루어진다. 자기 속에 내재하면서 쌓여진 경험이 어떠한 정서적 반응에 의하여 일원화一元化됨으로써 지금까지 전혀 예측하지 못한 존재물로 새롭게 탄생하게 된다. 바로 존재의 본질, 그 자체自體로서의 모습이다. 삶은 결코 어느 특정한 시간 위에 존재하는 것이 아니다. 과거나 미래에 존재하는 것이 아니요 오직 현재에 존재할 뿐이다. 삶은 바로 지금에 '나'와 함께 존재하는 것이다.

　　　밤새 내린 마음의 비는
　　　창문을 닦고 떠났다

　　　남겨진 건
　　　투명한 적막
　　　그리고 그 위에 뜬 물비늘 몇 점

　　　어제의 목소리
　　　내 안의 들판을 지나
　　　짙은 흔적을 남기고 사라졌다

　　　웃음과 따뜻한 말들이
　　　꽃피듯 몰려왔다 사라졌다

봄잠 같은 시간이었다

이제는 숟가락 하나 밥그릇 하나
그림자까지 절제된 조용한 식탁
나는 누구의 부재도 묻지 않는다

말하지 않은 말들로
하루를 끓인다

이 고요함은
아무에게도 들키지 않는 나만의 것
나의 집이다

- 시 「부재의 온도」 전문

　위 시에서 화자가 만나 함께 하였던 것은 '비'이다. 그러나 그 '비'는 현실에서 직접 만난 그러한 존재로서의 '비'가 아니다. '밤새 내린 마음의 비', 즉 관념적인 '비'이다. 다시 말하면 화자의 상상에 따라 이루어진 정서적인 반응 결과로써의 '비'이다. 그 '비'는 '마음'속에 '남겨진 건/투명한 적막'일 뿐이요, '그리고 그 위에 뜬 물비늘 몇 점'으로 구체적으로 제시되었을 뿐이다. 즉 이 시작품 속의 '비'는 현실적으로 직접 '밤새 내린' '비'가 아니라 화자의 뇌리에 내재하고 있는 모든 경험 속의 '비'가 응고되어. 복합적이면서도 단순하게 창조된 화자만의 화자가 가질 수 있는 상상속의 '비'이다. 이 '비' 속에 화자는 자신이 그려보는 무한 세계로 질주하게 된다. 즉 새로운 '비' 속의 세계로 창출해 놓는다. 그것을 확인할 수 있게 하는 것은 곧 화자와 함께하고 있는, '남겨진 건/투

명한 적막/그리고 그 위에 뜬 물비늘 몇 점'이다. 이 속에서 화자
는 모든 현재의 존재를 확인하기에 이른다. '어제의 목소리/내 안
의 들판을 지나/짙은 흔적을 남기고 사라졌다'는 것이다.

'흔적만 남기고 사라'진 '어제의 목소리', 즉 삶의 자체는 결국 남
가일몽南柯一夢2) 적的 삶이었다는 사실의 확인에 이른다. 즉 '웃음
과 따뜻한 말들이/꽃피듯 몰려왔다 사라졌다'는 것이요, 이는 곧
'잠 같은 시간이었다'거니와 일장춘몽一場春夢3)이라는 현실에서의
아픈 깨달음, 이것은 곧 현실적인 삶 그 자체의 모습이다. 이 같은
현실에서 화자는 마침내 '이제는 숟가락 하나 밥그릇 하나/그림
자까지 절제된 조용한 식탁'이라는 엄연한 현실의 실체에 이르게
된다. 화자는 이러한 현실을 '나는 누구의 부재도 묻지 않는다'는
것이다. 결국 자기 속에 내재하면서 쌓여진 모든 경험이 '밤새 내
린 마음의 비'와 함께 경험 속 과거의 비와 함께 '투명한 적막'이라
는 정서적 반응과 일원화一元化되고 있는 것이다.

따라서 화자에게 있어서 산다는 것이란 '봄잠 같은 시간' 속에

---

2) '남가일몽南柯一夢'이란 남쪽으로 뻗은 나뭇가지 아래의 꿈이라는 뜻으로, 덧없는 꿈이
   나 부귀영화를 이르거니와, 이는 당唐나라 이공좌李公佐의 전기소설傳奇小說《남가태수
   전南柯太守傳》에 나오는 말로, '명예名譽 또는 한 때의 부귀영화富貴榮華가 모두 한 번의 꿈
   과 같이 허무하다'는 뜻을 가지고 있다.

3) '일장춘몽一場春夢'이란 중국 당나라 때의 시인 이하(李賀.791~817)의 시에서 유래된 것으
   로 알려져 있다. 그러나 그보다 더 알려진 유래는 중국 송나라 때 전해져 오는〈노생盧
   生의 꿈〉에서 비롯되었거니와, 당唐나라 현종玄宗 때 여옹呂翁이라는 도사가 있는데, 하
   루는 한단邯鄲이라는 곳에 있는 한 주막에서 쉬고 있었다. 그때 허름한 차림의 '노생'
   이라는 젊은이가 들어와 한참 신세타령을 하더니 여옹의 베개를 베고 잠이 들었다. 그
   베개는 도자기로 된 베개로 양쪽에 구멍이 있었는데, 그 구멍이 차차 커지는 것이 아
   닌가. 노생이 이상히 여겨 그 속으로 들어가 보니 훌륭한 집이 있어 그곳에서 살면서
   벼슬에 올라 부귀영화를 누렸으나 다시 깨어나 가난하게 살다가 늙어 죽었다. 그 꿈은
   겨우 여관 주인이밥을 짓기 위해 불을 지피던, 아주 짧은 시간에 지나지 않았으니, 이
   는 곧 모든 부귀영화는 오직 '한바탕 봄꿈[一場春夢]'에 지나지 않다는 데에서 유래되었
   다. 이는 장자莊子의〈호접지몽胡蝶之夢〉과 같은, 덧없는 인생을 빗댄 이야기들이다.

서 어떤 사물이나 사상이라든가 행동, 일 따위가 지니고 있는 가치나 중요성에 기인한 것이 아님을 보여준다. 더더구나 어떠한 축복도, 심지어 보잘 것 없는 것도 아니다. '말하지 않은 말들로/하루를 끓'이며 살아갈 뿐이다. 그것은 바로 '봄잠 같은 시간' 속에서 '누구의 부재도 묻지 않'은 채로 살아가는 것이 바로 현재의 삶이다. 이것이 곧 산다는 것 그 자체요, '밤새 내린 마음의 비'가 '창문을 닦고 떠'난 자리에 남겨진 '고요'이다. 이 '고요'야말로 '이 고요함은/아무에게도 들키지 않는 나만의 것/나의 집이'라는 것이다. 따라서 '고요'란 화자의 마음속에 존재하는 '나의 집'이요, 현재 함께 하고 있는, 과거와 현재가 함께 일원화되어 있는 '나의 집'인 것이다. 따라서 화자에게서 삶의 모습이란 지금의 삶을 긴 안목에서 보아 '꽃피듯 몰려왔다 사라'지는 '봄잠 같은 시간이'며, '아무에게도 들키지 않는 나만의 것/나의 집'에서 함께 하고 있는 '고요'라는 안존한 의식의 거처라는 것을 보여준다. 이는 역설적으로 「부재의 온도」라는 시 제목을 설정함으로써 '고요'를 강화시켜 놓고 있음을 보여준다.

화자는 이 시작품 속에서 '고요'가 곧 '나의 집'이라는 사실을 통하여 시의 본질은 발견에 있다는 것을 말해준다. 전혀 예기치 않은 것을 산출함으로써 경이와 환희 같은 것을 발견하게 한다. '따뜻한 봄 햇살이/불꽃 위를 스치자/불은 더 높이 타올랐고/그 속에서 나는 멈추지 못했다//내가 타고 있다는 것도/내가 연기 되어 사라지는 것/나는 끝내 알지 못했다'(시「그때는 몰랐다」의 끝부분)는 놀라운 발견이라든가, '가까이 있다는 건/서로 다른 우주를 살며/닫힌 궤도 속을 도는 일//닿으려 애쓸수록/더 멀어지는 거리'(시「멀리서 더 가까운」일부)를 인지해내는 시적 혜안慧眼은 자못 놀라움이게 한다. 또한 '긴 밤의 무게가 서서히 풀리고/새들의 노래가 아침을 깨운다/온몸을 감싸는 투명한 울림/시간이 생명으로 다시 피어난다//〈중략〉//살아 있다는 전율/종소리처럼 울려 퍼진다'(시 「다시 깨어」 일부)는 화자의 인식으로부터 새로운 삶에의 지혜로움을 엿볼 수 있게 한다.

2. 현실적 삶, 보여주기(Showing)

시인은 시를 통하여 일상에서 만나는 모든 사물이나 상황에 대하여 기억에 남을 만큼 강렬하거나 독특하게 표현하고자 노력한다. 또한 가장 아름답고, 인상적일 뿐만 아니라, 다양하고 효과적으로 사물을 묘사하고자 한다. 이에 따라 정서나 감정을 다른 사물이나 상황에 빗대어 표현하거나 진술하고자 함으로써 그 결과에 따라 특정한 대상이나 사건을 빚어 놓는다. 이때에 화자의 감정 그 자체가 직접 묘사되기보다는 특정한 사물이나 상황을 통해 유도된다. 이에 따라 독자는 감정을 직관적으로 느끼기보다 그 감정을 상징하는 대상을 통해 그 의미를 해석하고 이해하기도 한다. 다음의 시작품을 살펴보기로 하자.

시가 아니면
결코 담아낼 수 없는 마음 하나가
조용히 나를 흔든다

담벼락을 타오르는 잎들이
햇살을 끌어안고
그 초록 깊이만큼

얼마나 많은 계절이 스며들었을까

누군가를 오래 기다린 등처럼
연달아 일렁이는 초록 물결
말로는 닿지 않는 것들이
시가 되어 속내를 적신다

기대어 본다
말이 닿지 않는 그곳에
시로만 전할 수 있는
마음의 무게를

기다림은
그리움과 닮은
조용한 흔들림

나는 여기 서서
담쟁이처럼
시간을 끌어안고
초록 벽에 기댄다
그리움의 무늬를 견딘다

- 시「기다림의 벽」전문

　　위의 시작품을 살펴보면 전체 6연 중에서 전반부의 3연과 후반
부 3연으로 나누어 볼 수 있다. 전반부 1~3연의 경우 '벽'을 타고
번지어 올라간 '담쟁이'의 상황을 통하여 한 편의 시로 보여주고
있다. '담쟁이'를 바라보는 순간 화자는 그것이 '담쟁이'가 아니라

한 편의 시로 화化하여 '시가 아니면/결코 담아낼 수 없는 마음 하나가/조용히 나를 흔든다'고 말한다. 담에 붙어 바람을 맞아 흔들리고 있는 것이 '담쟁이'가 아니라, '마음 하나'라는 추상적인 관념이 구체적인 사물로 형상화한다. '담쟁이'와 '마음 하나'는 서로의 상관관계를 이루면서, 한 편으로는 화자의 감정이 이입된 사물로 화한다. 즉 화자의 삶이 '담쟁이'의 삶과 동일화同一化를 이루면서 '담벼락을 타오르는 잎들이/햇살을 끌어안고/그 초록 깊이만큼/얼마나 많은 계절이 스며들었을까'를 생각하게 한다. 이는 '담벼락을 타오르는 잎들이/햇살을 끌어안고' 바람에 흔들리고 있는 상황으로 현실적 삶을 영위하고 있는 화자의 감정과 일치하고 있다. 따라서 화자의 '누군가를 오래 기다린 등처럼' '담쟁이'의 '연달아 일렁이는 초록 물결'처럼 '말로는 닿지 않는 것들이/시가 되어 속내를 적신다'는 것이어니, 이는 곧 한 편의 시작품 속에서 화자와 '담쟁이'가 감정이입의 대상으로서만이 아니라 객관적 상관물이 되고 있음을 보여준다.

이와 같은 화자와 '담쟁이'의 상관관계는 4~6연에서 완전 합일된다. 화자는 곧 '담쟁이'로 뒤덮인 '초록 벽에 기'대고 있는 화자 자신으로 환치되어 있다. '말이 닿지 않는 그곳', 즉 '벽'에 '시로만 전할 수 있는/마음의 무게를' '기대어' 봄으로써 이제 화자의 모든 마음은 완전히 '담쟁이'가 되어버린 것이다. 그 화자의 마음은 곧 '기다림'이요 '그리움'이다. 또한 바람에 흔들리고 있는 '담쟁이의 '조용한 흔들림'이기도 하다. 이러한 '담쟁이'와 화자의 '마음의 무게들'은 '벽'이란 현실적 삶의 자리인 '여기 서서//담쟁이처럼/시간을 끌어안고/초록 벽에 기'대고 살아가고 있거니와 이는 곧 '그리움의 무늬를 건'디고 있는 현실적 삶의 모습으로 보여주고 있는 것이다.

이러한 현실적인 삶의 모습을 보여주기는 '오늘도 민들레는/ 홀씨의 오명에서 벗어나길/조용히 기다'리면서 '홀씨가 아닙니다/ 씨앗으로 불러주세요'(시「민들레의 외침」중에서) 라고 처절한 외침으로 들려주기도 하며, '이제 내려갈 길이지만/ 그 빛은 우리 안에 그대로/ 어둠 속에서도/선명한 온기로/ 끝없이 퍼져간다//함께 걷는 이 길 위에서/우리가 나눈 이 순간은/시간 너머/ 빛으로 남아/영원으로 머문다'(시「빛으로 남은」중에서)며 강렬한 빛의 이미지로, '그러다/서서히 마르며/ 텅 빈 바닥이 드러난/내 안을 보았다//<중략>//다시 너에게/맑은 물을 건네고 싶어도/채우지 못한 내 마음으로는/되지 않는 일이었다//거북 등껍질 같은 마음/먼저 채워야 할 것은/나였다'(시「비워진 후에야」중에서)면서 자아 인식, 즉 화자가 영위하고 있는 현실적 삶의 현장을 펼쳐놓는다. 자신의 역할이나 누리고자 하는 욕망 사이에서 자아 갈등을 중재하면서, 균형을 이루고자 하는 응집과 통합에 따른 인식이 자아 내에서 어떻게 형성되고 있는가를 보여주기도 한다.

3. 현실現實의 새로운 존재 가치

현실은 언제나 '나'로부터 출발한다. 가장 중요하고 꼭 필요한 현실은 언제나 '나'로부터 시작되는 것이며, 그 현실 또한 '나' 자신과 동일화를 이룬다. 따라서 비록 현실이 눈앞에 현존해 있지 않는다 하더라도 시인은 시속에서 새로운 현실을 창조해낸다. 또 창조해낸 현실 속에서 나름대로의 현실적인 존재로 새로운 의미를 부여해놓는다. 그렇게 시로서 부여받게 되는 새로움으로 현실을 가장 보편적이며 일반화되도록 한다. 아래의 시작품으로부터 현실의 새로운 존재의 모습을 살펴보기로 하자.

①
꺼내지 못한 울음
닦아내지 못한 눈물 또한
젖은 꽃잎 속삭임에 잠겨
다시 빛을 배운다

비에 젖은 꽃잎처럼
조금씩, 분명히
나를 세워온 날들

흐르되 사라지지 않는
그 고요한 반짝임 속에서
오늘도 나는 멈춰 선다
- 시「비에 젖은 꽃을 본다」 중에서

②
님을 보내지 않는다는 것은
그대를 잊지 않겠다는 약속이 아니라
내 안의 그대를 살려
나 또한 서겠다는 뜻임을
이제야 알겠다

작은 광장이, 오두막이 거대한 우주를 품듯
침묵 속에서 역사가, 사람이 연대한다

꺼지지 않는 등불
우리의 숨결이 내 심장 속에 번진다
- 시「꺼지지 않는 침묵」중에서

③
문장을 완성하기까지
그 자리에 숨은 침묵이 있었다
내가 던진 말은
누군가의 품에서 묵혀졌다

살아간다는 것
내가 이룬 모든 것은
나 혼자만의 것이 아니다
그 모든 것은 먼저 와 있었다
말없는 사랑 끊임없는 연대

오늘 아침
내가 서 있는 이 자리가
누군가의 기도와 기다림 속에서
조용히 태어났음을 알게 한다
- 시「빛은 언제나 먼저 와 있었다」중에서

④
어느 날, 문득
꽃눈 하나가 돋았다
아무도 바라보지 않던 자리에서
계절이 밀어올린 숨결

아픔과 기다림이 포개진 시간 위에
새로운 문장이 움텄다

어제는 안개로
오늘은 유성으로
내일은 강물로 흐르며
나는 아직도 쓰이는 중이다
　　　　- 시「아직도 흐르는 중이다」중에서

　①의 시작품에서 '꺼내지 못한 울음'이란, 또 '닦아내지 못한 눈물 또한' '젖은 꽃잎'의 현실적인 모습이다. '젖은 꽃잎', 그것은 바로 현실적인 삶의 한 단면을 보이고 있는 것이다. 화자는 그 '젖은 꽃잎 속삭임에 잠겨' '꽃잎'과 하나를 이룬다. 그리고 새로움을 발견한다. '젖은 꽃잎'으로부터 '다시 빛을 배운다'는 것이다. 이는 곧 창조되는 현실의 새로운 존재 모습이기도 하다. 그래서 화자는 '비에 젖은 꽃잎' '조금씩, 분명히/나를 세워온 날들'을 발견해 나간다. '비에 젖은 꽃을' 봄으로써 현실에서, 즉 현실의 새로운 존재를 발견해내는 과정에서 화자는 '흐르되 사라지지 않는/그 고요한 반짝임 속에서/오늘도 나는 멈춰 선다'. 즉「비에 젖은 꽃을 본다」에서 볼 수 있는 바와 같이 현실적 행위를 통하여 보이지 않는 현실을 새로이 창조해내는 것이야말로 시란 도전과 역경 속에서 희망과 가능성을 말해주는 것이라 하겠다.

　②의 시작품에서는 시는 보편적인 인식 자체를 부정함으로써 '침묵'의 의미를 재정립하고 있다. 먼저 화자는 '님을 보내지 않는다는 것은/그대를 잊지 않겠다는 약속이 아니라/내 안의 그대를 살린다고 한다. '내 안의 그대'란 곧 '침묵'이다. 이 '침묵'의 의미는

새롭게 재해석하면서부터 새로운 의미를 가지게 된다. '나 또한 서겠다는 뜻임을/이제야 알겠다'는 것이다. 이 같은 재해석은 화자 자신만이 아니라 화자로부터 확산된 '작은 광장이, 오두막이 거대한 우주를 품듯/침묵 속에서 역사가, 사람이 연대'로 확산되어 마침내 '꺼지지 않는 등불'로 새로운 생명을 얻게 되기에 이른다. 이에 따라 '침묵'은 새로운 생명을 얻게 된다. 이것은 모두의 '숨결이 내 심장 속에 번'져 「꺼지지 않는 침묵」으로써 새로운 것을 처음으로 만들어 낸 것과 같이 생명을 얻게 되었음을 보여준 것이기도 하다.

이와 같이 하나의 '침묵'이 꺼지지 않음으로써 새로운 생명체로의 탄생을 도모하였듯이 ③의 시작품에서는 '숨은 침묵'이 한 문장으로 탄생되는 모습을 보여주고 있다. '내가 던진 말'이 '문장을 완성하기까지/그 자리에 숨은 침묵'이 '누군가의 품에서 묵혀'져 있었음에 화자는 '살아간다는 것/내가 이룬 모든 것은/나 혼자만의 것이 아니'라는 것을 인식한다. 그리고 '모든 것은 먼저 와 있었다'는 뒤늦은 깨달음으로부터 '말 없는 사랑 끊임없는 연대'를 인식하게 된다. 비로소 '침묵'이 하나의 '문장'을 완성하면서 '살아간다는 것'이야말로 '모든 것'이 '나 혼자만의 것이 아'니요, '사랑'과 '연대'로 이어진 새로운 '문장'으로 '탄생되었음을 보여준 것이라 하겠다. 이는 '내가 서 있는 이 자리가/누군가의 기도와 기다림 속에서/조용히 태어났'음을, '오늘 아침'으로 「빛은 언제나 먼저 와 있었다」는 현실의 새로운 존재 탄생을 보여준 것이기도 하다.

끝으로 ④의 시작품 「아직도 흐르는 중이다」을 살펴보자.

화자는 어느 날 '꽃눈 하나가 돋았'음을 본다. 그 '꽃눈'은 사실 '아무도 바라보지 않던 자리'인 어두운 현실속의 한 생명체에 불과하다. 그러나 곧 '계절이 밀어올린 숨결'로 화한다. 그것은 다시 '아픔과 기다림이 포개진 시간 위에/새로운 문장'으로 움트게 된다. 곧 암흑의 현실에서 벗어나 새롭고 밝은 세상을 향하여 탄생한 모습이기도 하다. '꽃눈 하나'의 새로운 재탄생의 모습이다. '꽃눈'은 '아무도 바라보지 않던 자리'에서 '계절이 밀어올린 숨결'로, 다시 '새로운 문장'으로 존재의 탄생을 거듭하면서 완전한 생명체가 된다. 이와 같은 과정은 화자로 하여금 '어제는 안개로/오늘은 유성으로/내일은 강물로 흐르며/나는 아직도 쓰이는 중이'라는 사실로 「빛은 언제나 먼저 와 있었다」는 것을 증거하고 있다.

내어준다는 건
떠나는 것이 아니라
기다리는 것이다

햇살이 먼저 앉는 자리
바람이 쉬어가는 공간
나는 나를 비우고
누군가의 하루를 맞는다

의자는 비어 있을수록
더 많은 이름을 품는다
그리움도, 환대도
고요 속에 앉는다

나는 이제 안다
비어 있다는 건

텅 빈 것이 아니라
가득 찬 일이라는 것을
비어있음에 대하여

- 시 「비어있음에 대하여」 전문

화자는 '내어준다는 건' '기다리는 것이'라 말한다. 엄격히 말하면 소중히 간직하고 있는 것을 '내어준다는 것'은 '떠나는 것'임에도 불구하고 '기다리는 것'이라 말하고 있다. 이는 분명한 역설逆說이다. '내어준다는 것'을 '기다리는 것'이라 하거니와 자체의 의미를 스스로 거역함으로써 '기다리는 것'의 의미를 강조하고 있는 표현이다. 이러한 역설은 2연에 와서는 좀 더 구체화된다. '햇살이 먼저 앉는 자리'가 '바람이 쉬어가는 공간'이 된다. '햇살'이나 '바람'이나 모두 일정한 공간을 차지하지 못하는, 공간을 차지할 수 없는 존재들이다. 아니 스스로 존재조차 할 수 없는 존재들이다. 그러한 존재의 특성으로 '나는 나를 비우고/누군가의 하루를 맞는다'고 말한다. 즉 도저히 존재할 수 없는 것을 존재할 수 있는 존재로 인식함으로써 '나는 나를 비우고/누군가의 하루를 맞는다'고 한다. 바로 이 '누군가'는 곧 화자가 존재하기를 희구하고자 하는 관념화의 존재로서 존재화存在化로 이루어진 존재인 것이다. '햇살'이요 '바람'이 곧 그러한 존재가 된다.

모든 존재는 제 각각 '자리'를 가진다. 그 존재의 자리는 곧 각각의 '의자'가 된다. 그 '의자'가 어느 특정한 존재의 자리가 된다면 하나의 존재를 위한 자리가 될 뿐이다. 그러나 '의자'를 비워놓으면 그 '의자'는 화자가 희구하고 갈구하는 모든 존재의 자리가 된다. 이러한 무한無限의 자리는 화자가 '내어준다는 것' 또는 자리로부터 이미 '떠나는 것'의 자리가 아니라 비워놓음으로써 화자가 무한으로 존재하도록 해줄 수 있는 '기다리는 것'의 자리가 된다. 그러므로 의자는 '비어 있을수록/더 많은 이름을 품'을 수 있게 된다. 그 '이름'은 '비어 있을수록/더 많은' 존재의 자리가 된다. 여기에서 '이름'은 곧 새로운 존재의 의미를 가진 어엿한 존재이다. '더 많은 이름을 품'은 존재이다. 따라서 이러한 존재는 '그리움도, 환대도/고요 속에 앉'음으로써 '이름을 품'게 되고, 이에 따라 어엿하게 구체적이고도 현실적인 존재의 의미를 가지게 되는 것이다. 이에 이르러 문득 '시인은 그의 예민한 흥분된 눈망울을 하늘에서 땅으로, 땅에서 하늘로 굴리며, 상상은 모르는 사물의 형체를 구체화시켜, 시인의 펜은 그것들에 형태를 부여해 주며 형상이 없는 것에 장소와 명칭을 부여해준다'는 W.셰익스피어를 떠올리지 않을 수 없다.

무릇 화자는 시작품 속 대상의 감정이나 상황, 처지 등에 공감하면서 설정해 놓고 어엿한 존재의 가치를 부여하곤 한다. 이에 따라 작품에 몰입하고 이해하는 것에 큰 역할을 하므로 화자는 작품과 일체를 이룰 수 있도록 최대한의 존재를 설정해놓고, 감정을 이끌어가는 역할을 한다. 작품 속의 화자는 자신과 관련이 깊을수록 더욱 더 동일화된 모습을 가지며. 현실에서 추구하던 바의 가치를 가진 현실을 새롭게 설정하곤 한다.

■ 덧붙이면서

지금까지 필자는 김선순 시집 『선물』에 함께 하고 있는 70편의 시작품으로부터 현실적인 삶에의 도전과 역경 속에서도 굴하지 않는 희망과 가능성을 보여주는 사고의 현장을 엿보았다. 그 결과 김선순은 단순한 어쩌면 낙관적인 자세로부터 삶의 질을 향상시키고 목표달성에 기여하며, 정신적으로 증진시키는 강력한 도구로서의 시작활동을 하고 있다는 생각을 가지게 하였다. 이는 현실로부터, 또는 삶을 영위해나가는 현실 그 자체에서 언제나 경험할 수 있는 부정적인 감정을 외면하고 있는 것이 아니라, 오히려 그러한 상황을 긍정적으로 해석하고 해결책을 모색하고자 하는 확고한 개인적 정체성을 실현하고 있는 일면의 모습이기도 하다. 현실적인 삶의 현장에서도 잘 알 수 있듯이 스스로 삶의 주인이 되고 가치 없는 것에 대하여 휘둘리지 않는 태도로의 결정이 그리 만만하지 않다는 것을 알아차리게 한다. 저마다의 삶을 영위하고 있는 현실에서 새로운 가치를 생성하고 그러한 가치추구의 방향을 향하여 꾸준히 나아감으로써 시의 방향을 굳건히 함은 곧 시를 써 나감에 있어서 주체성을 확립해 나가는 것이라 하겠다.

시에 있어서 시인은 언제나 시인다운 꿈을 가지고 시로써 새로운 존재 가치로 실현하고자 하는 현실의 삶을 이어가면서 구체적이고도 관념적으로 실제 행하거나 꾸려나간다. 따라서 시인이면 시인으로 이 세상에 존재하는 이유를 묵묵히 실천하면서 시인으로서의 존재를 가치로이 실현해야 할 것이다. 이에 따라서 김선순 시인은 언제나 시를 쓴다는 데에 있어서 그 결과가 무엇이건 간에 시로서 꿈꾸는 바를 올바르게 노래함으로써 새로운 시의 길을 환하게 밝혀주기 바란다.

당신의 하루에 시 한 편을 놓고 갑니다

이 시집을 다 읽고도 어떤 위로는
여전히 말이 되지 않을지도 모릅니다.
하지만 괜찮습니다.
위로는 언제나 말보다 먼저 마음으로 도착하니까요.

읽어주셔서 고맙습니다.
당신의 자리에서 충분히 빛나고 있음을 잊지 마세요.
조용히 다녀간 이 문장들이 언젠가 당신 마음속
어딘가에서 작은 따뜻함으로 남기를 바랍니다.